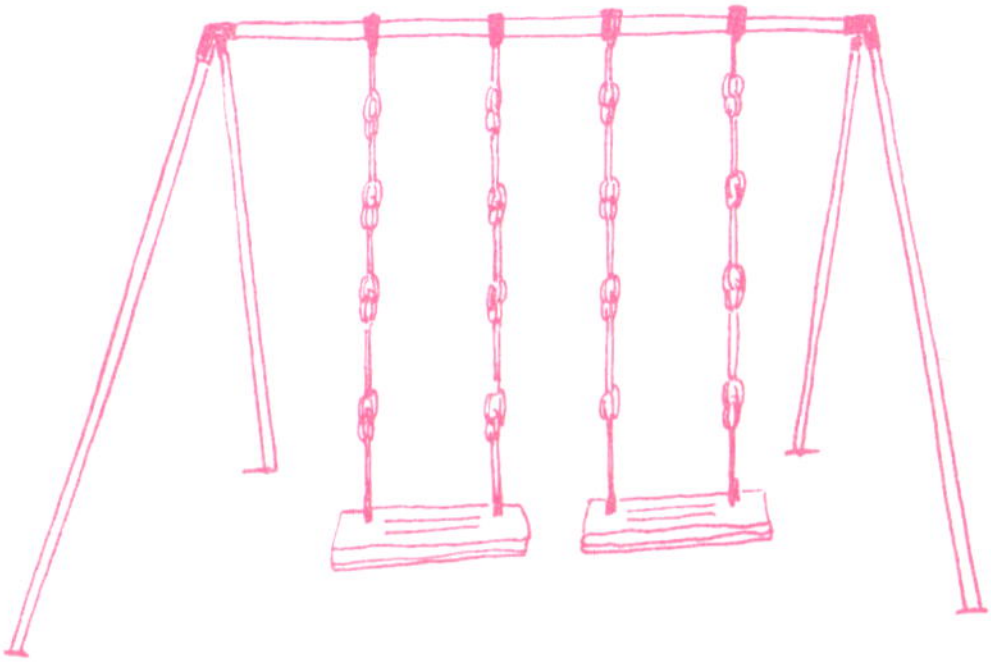

普通の人々

谷川俊太郎

普通の人々

谷川俊太郎

装画　ヤマグチカヨ
装丁　宮古美智代

普通の人々　目次

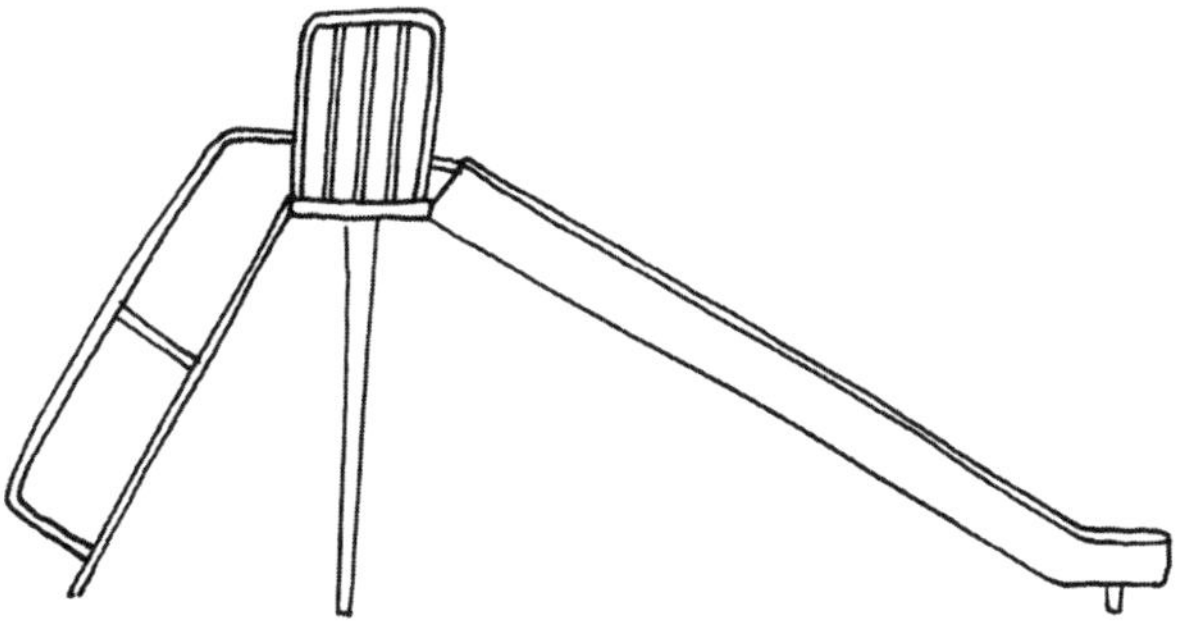

普通の人々

寿子は
闊達《かったつ》なリズムで街を歩く
気ままに立ち止まる
並んでいる商品をしげしげと見る
買わない自分に満足する

篤は
ワインリストを手にして
卓の下で足を組む
自分を平凡だと思う
羊歯《しだ》の化石を貰う

有希彦は
仔犬を拾う
文学全集を捨てる
老樹に見惚れる
雑音に耳をすます

アンリは
あれこれ比較している
踏切で空を見上げる
なまぬるい炭酸水を飲む
蟻を踏む

普通の人々はそうでない人々に
ひけめを感じさせないように
心を砕いている
それが偽善であることにも
薄々気づいている

浩二は
寝室で水母《くらげ》を飼育する
中元に金券を贈る
錠剤を数える
枕を買い換える

君代は
無造作に短い旅に出る
遠景に感動する
簡素な昼食をとる
素足で川に入る

晋一郎は
国立美術館に行く
王女とすれ違う
電車が鉄橋を渡る
枯れ木に鳥がとまっている

春美は
競争を嫌悪している
ベーグルを片手に
屋上で夕焼けを見ている
遠いどこかで虹が立つ

謙造は
場外で馬券を買う
若い市会議員たちと
冗談を言い合う
再放送のドラマを観る

無名氏は
飽きずに投書する
娘に詩集を買う
目薬をさす
健康診断を避ける

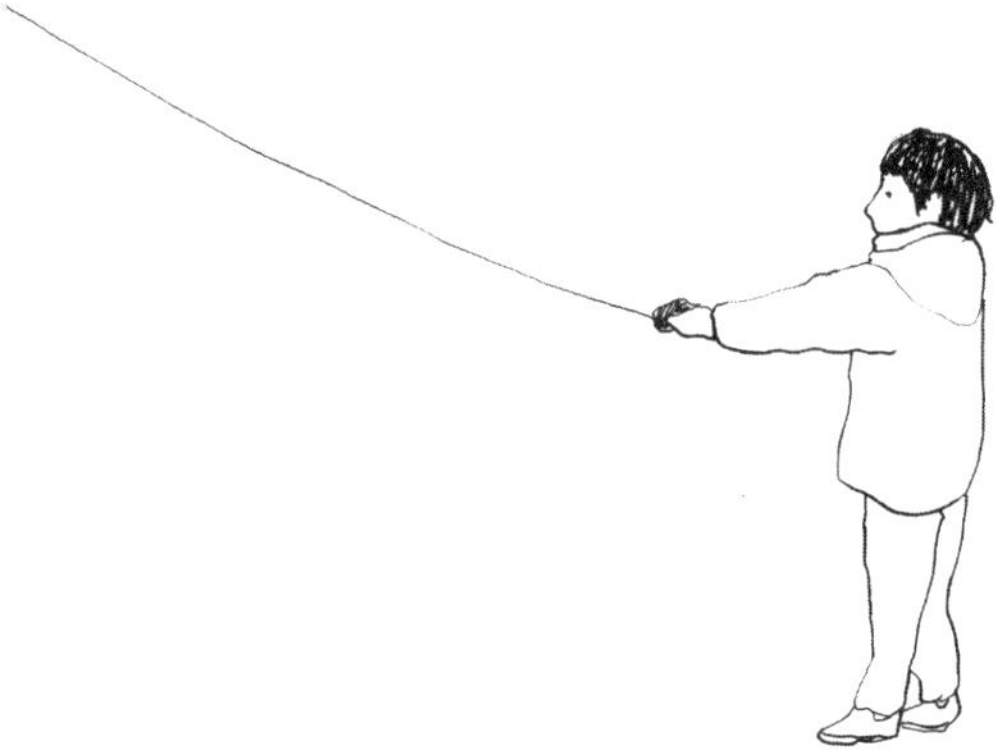

美奈子は
美を疑っている
菜を茹でる
夜空にアルデバランを探す
頸椎《けいつい》を意識する

周は
照れずに懐古する
マンドリンを練習する
用紙に署名する
こっそり祈る

亜歴須は
竹とんぼを作る
テラスでチャイを飲む
弟にメールする
たまに泣く

文雄には
終わりが見えていない
駿も
終わりが見えない
廃炉が進まない

孝太郎は
罪のない罪を犯す
治も右に同じ
旅券は昨日失効した
蜜蜂がアカシヤの花に集う

陳は
自分は死なないと思う
川柳を書く
ブリーフを洗う
ため息をつく

先祖代々の墓と
無縁仏の墓は
動物園と隣り合っている
今日も人間は喋るが
象は寡黙だ

ジョジョは
さあこれからだと思う
小屋に小さな棚を吊るための
木切れを探しに
脚の傷を気にしながら歩いてゆく

私は
脚が攣《つ》る
類語辞典を引く
ピクルスを食べる
これを書く

場面

絵でも写真でもなく言葉で作られた場面に
浅川がいて女と向かい合っている
部屋のしつらえは平凡
女が喋ると物語が始まってしまう
浅川の沈黙も物語に組み込まれるだろう

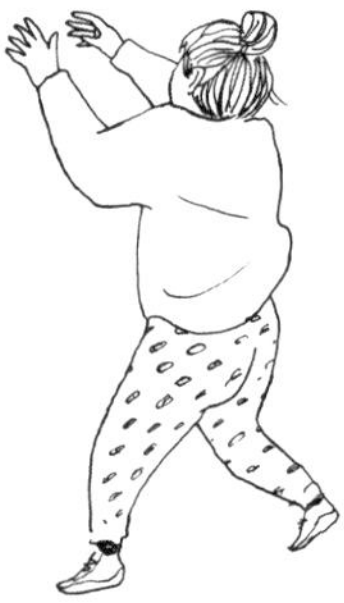

写真のように物語を静止させておくには
筋書きを避けなければならない
女にも姓名は与えない
卓上の花は桔梗《ききょう》だ
簡明な細部

長い気詰まりな間
だが蠅の羽音がする
女の意識に次々と言葉が浮かぶ
けれど口には出さない
陽が傾き始めている

息子

十七歳の誕生日
ぼくはまだ生まれてないような気がするんだと
息子が言う

どんな論理を使っても否定できない
Just-Sonessで
この世は満ちている

鶏がケージで無精卵を産み続ける
河川の網が国を覆う
メールが空中を飛び交っている

透き通ったワイングラス
息子にはトラウマが無いのだと
父親は信じている

姓名

姓名が欲しい
砂漠から来た（らしい）男は
六番の窓口の女に向かって
そう言っている（らしい）
いずれにしろ私には関係がないことだ
ここには杖をついた老人も来ているし
入念にメイクした若い女の一群も来ている

手続きというものが幅を利かせるようになって
書き損じた用紙は紙屑になったけれど
焼却されずに再利用されると知って安心した
だが紙幣はそろそろ電子マネーに取って代わられるかも

昨日は得意先で虎屋の羊羹《ようかん》が出てびっくりした

手足

もう詩は散文が恵んでくれる現実のうちにしかない
と俊彦は考えているがそれは考えに過ぎない
蛇口から水滴が一滴ずつ落ちてきて作るリズム
言葉の手が届かない音楽の始まりに
今も詩はひそんでいるとこれは水原の意見

どうしても自然に目がいく
私より年上のブナの庭木に
挨拶してこなかったのが悔やまれる
という風に言葉の手を伸ばして
言葉ではない自分の自然な手足を使って

さあ何をしよう　何処へ行こう

杖の話

杖の話をしようと師が言う
そのためには跳ばねばなるまい
六月の緑から十一月の雪へ

師は九十七歳と三ヶ月
日々辞世を推敲《すいこう》している
あの世から鈴の音

そこかしこ我が儘《まま》に話は始まる
縁のないもの同士が登場して
秘密だって囁んでいる

どんなに言葉を尽くしても
世界をナマで腑《ふ》分けできないと師
鯨と蟻の大小を論じつつ

茶碗はemptyが本来か
それともfullが本来だろうか
韓国の民画に解があるとか

師はどこかへ散歩に出た
そのどこかからゆっくり此処を
二十五番地の三階を目指す由

どんなに繰り返しても
その度に新しいものがある
朝はその最たるもの　凡

万物を巻き込んでずるずると
杖の話は続く模様
天の川の川底にまで

葉鶏頭がそよ風に揺れ
誰かが誰かと競い合っている
スポーツは流行りの話題

数多の囁きが耳に入り
意味が硬化してゆく
茶碗の無言を誰が嘆くか

転んだ師が帰ってきた
膝小僧を擦りむいてのたまう
無意味には意味がある

くすくす笑いながら
子どもらが食べるクスクス
離れ小島の牧歌的光景

積乱雲が必須と画家
いきなり激しいスコール
戦跡には錆びた鉄屑

数式が黒板を埋め尽くす
どんな存在もしぶとい
吃音が暗示する新しい学び

花の名を呪文とする青年は
冤罪で獄中三年
塀際にドクダミの花

杖はまた傘立てで居眠り
昼の三日月
世界地図をひろげる十五歳

牛の鳴き声は久しぶり
四つ葉のクローバー
某家で突然の別れ話が起こる

杖が待ちくたびれて歩き出す
狂女はおはじき
三毛がゴキブリを追う

さらさらと今も流れる小川で
鉄腕アトムが泳いでいる
蚊柱が立つ夏の夕暮れ

昼寝からむっくり起き上がり
師は瞑想に入る
四畳半の郷愁

杖は森で迷子になった
怪しい存在には出会えていないが
なぜかニンニクの匂い

そこら中に武器が散乱している
敵はとうに妖精と化して
下士官独りビールを飲んでいる

挿話もいつか終わる
杖は木々に紛れてしまい
一番星がプラネタリウムに輝いた

結論

今朝の朝陽を見て昨日の朝陽を思い出すのは
記憶の浪費だ
とぽつんと言った奴がいて
会話が途切れた
生きることのほとんどは
繰り返しで成り立っている

向かいの家の二階の窓に
まだ電気が点いている
想像力は猥褻《わいせつ》だ
と言っていた神崎は呆けた
時間は本当に一方通行だろうか

時計の 01:08 がふっと 01:09 になる
私はわたしでも俺でも僕でも我輩でもいいのだ
モンゴルの草原のこんな夜
狼の遠吠えを聞いた

結論はいつだって仮のものだ

本棚

本棚は寂しい
本が多すぎて知識と知恵の区別もつかない
早く引退したいと安田は言っている

ローマ字が指一本で漢字に化けるのが
いつの間にか当たり前になった
前立腺癌が専門語ではなくなった今日この頃
決まり文句で時代を語っていると
日の丸や富士山の真価が下落していくぞ
と添田が口をはさむ

いいじゃないかそれも
誰もが内心でそう思っているのではないかと
私も内心で思っている

本棚の寂しさは読むだけでは癒されない

火星

胸の宇宙で火星が暮れてゆく
経験したことのない感情が
生きものの気配があってはならない
と　無言で告げている

物語はとっくに始まっていて
日々終わりかけている
言葉がどこにも落ち着けずに
宙を漂っているのは滑稽ではないか

人間の耳は役立ちようがない
聞き取れる沈黙にはノイズが絡みついている
皮膚はもしかするとまだ有用だ
個の色気と触れ合えるかもしれないから

無限という観念のなんという卑小
永遠という妄想は世界から零《こぼ》れ続ける
密かに声に出さずに岸は
火星の夕暮れを畏《おそ》れている

日食

田中がいて加藤がいて塙がいるので
知りたくなくても何かを知る羽目になる
この座敷に座るのはこれで三度目だ
路面電車が窓際をかすめて通った
二月にしては暖かいと皆思っている
私はどうして今ここにいるのか

右折すべきところを多分直進したのだ
上空に熱気球が三つ浮かんでいる
人に言えない事情があるのだと思う
スキャンダルも醜聞もすでに死語であろうか
みんな遅刻しているのではないか
それとも早く来すぎたのか

ボリビアで日食が始まっている時刻

謎めく

空に化粧した意味が棚引いている
墨絵の虎が道を歩いて行くのを見た
と山口が言う
放し飼いの夢が卵を生んでいる
もつれた紐のたぐい
風景はモノクロ写真そのまま不動

信じてと房子が言う
フィンランドの秋の砂利道
飯田はとっくに故国で死んでいる
爪が揚がっていて
国境までざっと六時間
声が活字へと涸れていく

それから？　と思う
崖から夢想がこぼれてくる
翻訳ソフトが凍る
明枝が誤解の球根をもてあそぶ
堆肥の暖かさ
芽生えるのは論理ではない

詩作は諦念の産物で
繊細な線が三本ほど引かれる
拒む快感を拒む男は誰だったか
端座で大笑いしている吉川
琺瑯《ほうろう》の純白
信号の赤

図書館で俯《うつむ》いているのは浩だ
誰かが短編を書こうとしている
伝書鳩が羽ばたく
氷河はじりじりと前進している
言い訳はしないと佐伯
葉子は軽々と階段を降りて行った

前世で聴いたとおぼしい或る曲の
或る数小節が忘れられない
透は始発で神学校に通う
従兄弟は町工場で歯車を削る
世界中のさまざまな寺院で
祈りのコトバが腐敗していく

いきなりやって来た信子
キッチンで玉葱を刻んでいる
小惑星の醜い肌の画像が保存される
高価な腕時計の細い秒針
持ち主に戻れない遺失物の退屈
レーダーアンテナが忙しげに回る

ところで顕子はどこで
どうしているのだろうか
舞台上でティーポットが湯気を上げ
ポメラニアンが駆け回っている
自爆ベルトを腹に巻いた中年男が
男子トイレで手を洗っている

言葉だけでどこまで何が作れるか
メトロノームの律儀なコチカチ
中三女子が詩を暗誦する
ダフネは海辺で呆然としている
電子化された辞書が一冊
土星の輪の中に紛れこんだ

もうこれ以上書くことはない
と思うとなんだか寂しいのでついまた
李白について書こうとする千寿子が居る
今日は何故か句読点が気がかりだ
屋上から富士が見える家で
双生児の姉妹がハモっていたっけ

ペニシリンは黴《かび》の一種と教授は言う
窓の外に積乱雲が見えるのが快い
交差点をよろよろ左折する電動自転車
保育園ではケンジ君が人気者
レシピの通りに作られた一皿を
義務的にスマホで撮る叔母

錆びかかったゼンマイがほどけていく
オークションで落札した贋作《がんさく》三点
昨日生まれた梨香はまだ無名だ
あれはどこの国の半旗か
蟻が一匹将棋盤上で迷っている
憲法を論じる忠は水を飲み終えた

ミットに吸い込まれる軟式ボール
真っ青な空に隠れている星座
観音経を音読する苦労
地平線と水平線のどっちが好き？
離婚届を几帳面に書き込む進は
ヘルパー名簿に載っていない

葉脈は秘密の地図だと囁くのは誰？
ワッフルはプレーンが好み
質疑応答は先刻打ち切られた
プラキットで龍安寺を作る
さらさら流れる春の小川
二十四色のクレヨンがお祝い

日本語の曖昧な命
使い捨てカメラを捨てない祖母
鰐《わに》を連れて商店街を歩く一生
青菜に塩を問う教師
新生児の可愛いちんちん
渡辺某享年七十四

よく見れば
この世もあの世並みに謎めいている
と喋っているのは日本に帰化したキム
後期高齢者たちの寿命のグラフ
墨絵の虎が時雨《しぐれ》に滲んで
紐はとっくにほどけている

写真

真ん中にいるのが本間だ
博士課程を鬱っぽく放り出して
国家には属していない島に憧れて
年中ヨットで太平洋をうろついていた
その左が宇津木
姉と思っていたのが実は母だった男
春巻きを作って食べさせてくれたことがある
一人置いて西田

ナノという単位で世界を見ていた奴
この頃からもう禿げかけていた
ターコはモノクロだと実物より綺麗だ

この写真を撮ったのはハンナで
末期癌と分かって数日後に故国へ帰った
後ろに見えているのは重要文化財のお寺で
焼失したという記事を見た覚えがあるが
格別の感慨はなかった

今日はこどもの日だ

人生

穂積が死んでもう何年だろう
新聞雑誌テレビラジオは相変わらずだ
蜘蛛も軒端《のきば》に巣を張っている
大正天皇は可笑《おか》しな男だったらしい
潮騒の聞こえてくる旅館
埃《ほこり》だらけの棚に残っている分厚い電話帳

詩という書き物は
人の姓名を列挙するだけでも成立する
突き詰めれば読み手の感性の質ではないですかと
嫌味な口調でそいつは言ったのだ

曇りのち晴れ
人生という言い方で
人生を要約してしまいたくない
という言い方は誰のものでもいい

悲哀

こんな事は誰にも言う必要はないんだがと
帽子をかぶったまま三田村は口を切る

大都会の夜景だな
それもビルの四十階ほどの高さから見る夜景
赤い航空灯があちこちで点滅していて
県外の山脈は曖昧な闇に紛れている
その事の悲哀を君に言う必要はない

しかし悲哀は悲哀だ
他のどんなものとも違う存在だ
到底言葉には代えられない代物だ
小石は小石としか言いようがないのと同じだよ
詠嘆でも比喩でもない
と落ち着いた口調で彼は言う
その午後は何故かチャイが美味しかった

私、瀬古は明日
義母を特養老に見舞う

黄昏《たそがれ》

わざとやったのよ
わざとわざとらしくね
それを聞いて三人とも黙りこんだ

深淵というものはどこにあるか知りたい
どのくらいの深さがあるのか知りたい
七十五歳を境に好奇心は薄れるが

アラビア文字でも人文字は作れるのだろうか
吉見にとってはどうでもいいことが
妹にとっては大問題だということもある

ノンセンスの意味を二百字でまとめるという出題を
楽しいと言ったのは誰だったか
バス停でバスを待つ男女が不機嫌じゃない黄昏

区役所のチャイムは夕焼け小焼け

蒙昧《もうまい》

大学院生たちは気軽に宇宙を語っているが
言葉はすべて数式だから宇佐美は聞き流すしかない
言語で理解しても腑には落ちない
いつになったらイルカと話せるのだろう
考える枠組みが霞《かす》んで
家の前の更地に水たまりが三つできている
それはさておきという言い方が好きだ

毎日以下同文みたいにして生きているので
何かが閃光《せんこう》のようにひらめくのを夢見る
と朝のうちに書いたページ
妻がこれ消去していい？　と訊く夕暮れ
隣家のテレビの音声が聞こえる
明日が楽しみだった頃の蒙昧を
みんな引きずっているのではないか

それ考

「それ」はそれと呼ばれても気にしない
沈丁花の香りが漂っている
女の子がひとり道端で泣いている
そんな世界なのだここは

小川は果たして大河に憧れるだろうか
ヒトは勝手にヒトのコトバを使って
相手かまわず質問する
日本でまたわざわざタイまで出かけて

縫い針というものを紛失した
あれは前世紀のある雨の午後だった
老婆がよたよた歩いて来た
私はそこにはいなかった

トイピアノでインベンションを弾いている
ミネソタのライナス少年
裏庭の洗濯物が風にひるがえり
隣国では兵隊が足並みを揃えて行進している

眠っている間にミサイルが着弾した
ヒトが何十人か死んだという噂
荒れ地に野菊が咲いていた
すべて過去の話である

横断歩道をスキップして
恋人に会いに行った日
「それ」はいつものように存在していた
名もなく貧しく美しく？

廊下から教室をのぞく
次男は教科書で顔を隠している
平凡な事実が怪しい
屑篭《くずかご》は紙屑であふれている

ヘッドフォンから音が漏れていて
飛行機雲が風に崩れていく
私には愛憎の対象がない
花もムカデも拳銃も淡々としている

「それ」を「あれ」と区別しないでいい
「あれ」は変形すると「それ」に近づいて
山脈に似たものを形成すると夢想家は言う
だが事実は冷淡だ　結局は無に収斂するだけ

この詩が俳句なら良いのに
と親しくない女友だちが言う
コトバがトンボなら良いのにね
とにこやかに私が言う

硯で墨をすって
筆で丸を書いてみた
早朝四時半　二度寝すると
見慣れた雑木林に茸《きのこ》が生えている夢

富士山の幻が消えない
ラテン語のクラスの生徒は五人
連想を禁じる法律があるという国でも
同性結婚は認められている

人力飛行機が優雅に墜落した草原で
キリギリスが鳴いている
母語が三つあるという若い男
いつも汗をかいている

「それ」には季節がない
限りなく循環する生命のようなものが
「それ」を特徴付けているけれど
まだ誰も原理を発見していない

詩を絵解きしますと女が言う
どうぞと私が言う
びっくりするほど美しい絵ができた
詩が息をひそめている

夕方七時になったと思って嘆息する
嘆く理由はない
無灯のバイクが街路樹にぶつかったが
格別の感想もない

地球上のもう消え去った言語を思って
還暦を迎えた従兄弟が泣いている
食卓の上にはビールと柿の種
娘はテロのニュースに食傷している

「それ」は目に見えぬほどゆっくり回転しながら
無音で日々成熟している（らしい）
進んでいるのか退いているのかは不明
曖昧であることでその座標は安定している

とにかく遠くへ行ったのだが
どこへ行ったのかどうやって行ったのか分からない
ずいぶん歩いたことは覚えている
虻にたかられたことも

「今日は」から「さようなら」の間をどうする？
と妻が訊くので夫は不機嫌になる
美しいけれど今更ながら青空は退屈
さっきは可燃ゴミが道で雨に濡れていた

あと一度だけでいいと少年は思う
もう許されないと少女は思う
二人の住所をウエブで検索している誰か
物語は始まらないうちが花だ

ほとんど無音で扇風機が回っている
南から台風が来ている　気温も湿度も高い今
風雨を気にもせず女は漱石を読んでいる
古い邦画の一場面のようだ

アームチェアの肘掛からだらんと手が垂れて
老人はまるで死んだように生きている
脳内は休日の遊園地のように混雑
まるで生きているように死んでいるのか

あいうえおから始まる日本語
棚田のあぜ道を走り降りて来る子が
妊娠している母を大声で呼ぶ

胸ではなく腹に収めたいじらしい「それ」

文鳥

終わろうとして終われないのがこの世の定めだ
微笑みながら的場が言う
死んでもかい？　小田切が言う
キャベツ畑の向こうの夕陽が眩しい

粉薬にも神様はいるの？　と問う京子は
各駅停車の車両の窓から漁港を見下ろしている

新聞の金融情報の無数の数字から
世界を読み取ろうとした米寿の箱崎は何故か
小学校の教頭の苗字だけが思い出せない

籠の中の文鳥がピーヨと鳴いた
猫は自分に満足しきって眠っている
今日は十一月四日

空耳

私は薬師寺ですと薬師寺は言う
他に薬師寺を名乗る人が日本に
何人いるか知りませんが
私はその一人です
父も薬師寺でした　息子も薬師寺です
娘は薬師寺ではなくなりましたが

講習会場は火の気がない
空耳だろうか何処かで家鴨《あひる》が鳴いている
この町の町長はブラジルからの日系人

ぼんやり話を聞いていると
なんの連想もなく昔の恋人の顔が思い浮かぶ
顎に小さなホクロがあった

どんな詩にも一人称がひそんでいる

温室

誕生・性交・死
それだけだそれだけだという一行を
トムはタイプではなくペンで走り書きして
サボテンの温室に戻った

近所に放し飼いの子象がいる
祖母は時折バナナなど持って会いに行く
いちばん年長の孫は空想を軽蔑して
毎日事実のみを列記した日記を書いている

詩人の日常茶飯事と孫のそれとは
どこがどんな具合に違っているのだろう

いま囀《さえず》っている鳥は近所にいる
一昨日の晩遠吠えしていた狼（多分）は
ＬＰレコードの世界で生きていた
録音した動物学の院生は事故で死んだ

生きものは皆それぞれに死までを生きる

貝語

山のてっぺんの古い城から
少女が裸足で下りてきた
誰の娘でもない
手にはありふれた野花
何かが起こると亀井は直感したが
雄鶏《おんどり》が一声鳴いただけ

図書館で若い村人たちは
教科書で省かれた郷土の歴史を学ぶ
例の黒砂糖騒動はそこにも書かれてない
皆が知っていて皆が口をつぐむ呪文は
貝語に訳されて来夏出版されるという噂
儚いと思う
何もかも儚いと思う亀井だ

あとがき

店の外にテーブルを出しているカフェなどがあると、座っていわゆるピープル・ウオッチングをしたくなる。どちらかというと私は、友達と喋るより一人でぼんやりしているほうが好きなのだ。通り過ぎていくのは私の知らない人たちだが、その一人一人に同じ人間、もしくは生きものとしての親近感を感じて、私は勝手に名前をつけ、その人たちの生活の断片を想像してみたりする。

詩も小説と同じく基本的には虚構だと私は考えているが、小説が物語を語るのに対して、詩は（私の場合）場面しか描かない。場面の前後に存在するであろう物語は、読者の想像力に任せたいと思っている。

この詩集を出版するにあたって、次の方々のお力を借りた。

ヤマグチカヨ（イラストレーション）、宮古美智代（デザイン）、川口恵子（編集）、新井敏記・佐藤有莉（制作）（敬称略）どうもありがとう。

二〇一九年四月

谷川俊太郎

「普通の人々」　初出『新潮』二〇一九年一月号
「それ考」　初出『ＭＯＮＫＥＹ』17号
その他は、本書のための書き下ろしです。

谷川俊太郎

一九三一年東京生まれ。一九五二年第一詩集『二十億光年の孤独』を刊行。詩作のほか、絵本、エッセイ、翻訳、脚本、作詞など幅広く作品を発表し、近年では、詩を釣るiPhoneアプリ『谷川』やメールマガジン、郵便で詩を送る『ポエメール』など、詩の可能性を広げる新たな試みにも挑戦している。近著に『バウムクーヘン』、『幸せについて』、『へいわとせんそう』（絵・Noritake）などがある。

普通の人々

2019年4月22日　第1刷発行

著者
谷川俊太郎

編集
川口恵子

発行者
新井敏記

発行所
株式会社スイッチ・パブリッシング
〒106-0031 東京都港区西麻布 2-21-28
電話 03-5485-2100（代表）
http://switch-pub.co.jp

印刷・製本
株式会社シナノ パブリッシング プレス

本書へのご感想は、info@switch-pub.co.jp にお寄せください。

ISBN:978-4-88418-467-4 C0092
Printed in Japan